大偵探
福爾摩斯

—— 近視眼殺人兇手 ——

SHERLOCK HOLMES

序

　　某位城中富豪曾說過，他只看歷史書而絕少看小說，他認為看歷史書可從書中學到前人的教訓和經驗，但小說只是虛構的「大話西遊」，學不到什麼東西云云。言下之意，似乎看小說是在浪費時間了。

　　確實，熟讀歷史對人生大有裨益，但看小說真的是浪費時間嗎？ 當然不是。

　　看寫得好的小說，至少可學會很多詞彙和它們的用法，而且還能潛移默化地學懂讀書考試和出來社會做事都必需的寫作技巧。不過，我認為這些都是其次，更重要的是，看小說還可學習做人處世的道理。

　　不是嗎？福爾摩斯怎樣看待犯罪、罪犯和受害人，就是做人處世的最佳示範。畢竟查案就是查人，不懂得人情世故和正確處事的態度，又怎會成為一個好偵探？

　　據說編寫教科書時，須注意「知識」（knowledge）、「技巧」（skill）和「態度」（attitude）的傳授。《大偵探福爾摩斯》雖然不是教科書，但也離不開這三個關鍵詞呢。

厲河

余遠鍠

大偵探 福爾摩斯
——近視眼殺人兇手——

登場人物介紹

福爾摩斯

居於倫敦貝格街221號B。精於觀察分析，知識豐富，曾習拳術，又懂得拉小提琴，是倫敦最著名的私家偵探。

華生

曾是軍醫，為人善良又樂於助人，是福爾摩斯查案的最佳拍檔。

小兔子

扒手出身，少年偵探隊的隊長，最愛多管閒事，是福爾摩斯的好幫手。

李大猩&狐格森

蘇格蘭場的孖寶警探，愛出風頭，但查案手法笨拙，常要福爾摩斯出手相助。

史密斯

柯倫教授的秘書，案中死者。

柯倫教授

不良於行的老教授，愛抽煙。

馬克太太

柯倫教授的管家。

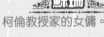

蘇珊

柯倫教授家的女傭。

狂風暴雨 之夜

　　狂風在窗外*呼嘯*，把黑夜裏的大樹吹得東歪西倒，暴雨打在玻璃窗上，發出「*砰砰砰*」的響聲。建在查塔姆山坡之上的小旅館被強風吹得「*嘎嗒嘎嗒*」的搖來搖去，令房內的華生感到坐立不安。

　　「好大的風暴……這間旅館會不會被吹得連根拔起呢……」華生擔心地說。

　　福爾摩斯咬着*煙斗*，用放大鏡檢視着鋪在桌上的羊皮紙，不假思索地應道：「一定不會。」

　　「你怎可以這麼肯定？這麼大的風暴，不要說這種又舊又破的旅館，

就算新建的房子也可能會被吹走啊。」華生對老搭檔過分自信的回答感到不滿。

「房子下面只有**地基**和**樁子**，又沒有根，怎會被連根拔起。」福爾摩斯抬起頭來，皺起眉頭說。

華生聞言，幾乎被氣得反白了眼，道：「哎呀！這是**比喻**嘛，難道你連這個也不懂？」

「噢，對不起。」福爾摩斯一臉正經地答，「你知道嗎？這張**羊皮紙**上的文字殘缺不全，我必須利用仍能辨識的文字去推論出已消失的部分，否則就無法知道羊皮紙上原本寫着什麼了。」

「這跟我的比喻又有什麼關係？你這是答非所問啊。」華生沒好氣地說。

「是嗎？我倒不這樣看。」福爾摩斯又再低頭去檢視那張羊皮紙，「在解讀殘缺不全的文章時，必須注重文句前後的邏輯性，這是科學的態度。在這種精神狀態下，比喻式的描述聽起來就特別礙耳，因為那是文學性的東西，會影響科學的邏輯思維。」

「算了，你一頭掉進科學的驗證後，邏輯的精確與否已是一切，又怎會懂得比喻的力量和樂趣。」華生放棄爭論，走到窗前看雨去。

福爾摩斯從羊皮紙上抬起頭來，兩眼空虛地望着天花板，若有所思地呢喃：「all London was no more than a S A I D in the O N.」

　　華生聽到覺得奇怪，轉過頭來問：「你跟我說話嗎？『S A I D in the O N』是什麼意思？」

　　福爾摩斯朝天花板吐了口煙，道：「我不是跟你說話，只是在揣摩羊皮紙上這句句子的意思。」

「有這種句子嗎？聽起來莫名其妙呢。」

「是啊，這句句子有些字母褪了色，變得

殘缺不全，我現在仍未解通褪了色的部分是什麼字母。」福爾摩斯說着，把句子抄在一張紙片上，遞給走過來的華生。

紙上寫着：

all London was no more than a
s□a□□□□i□□□□d in the o□□□n.

「果然是句殘缺不全的句子呢。那些方格就是缺少的字母嗎？」華生問。

「對，羊皮紙上的英文雖然都是手寫字，但寫得都很**工整**，簡直就像鉛字印刷般整齊。所以，我知道缺少了多少個**字母**，而每個**空格**就代表少了一個字母。」福爾摩斯解釋。

「沒有前文後理，很難猜啊。」華生說。

「文章大意是說，倫敦的市中心雖然有很多建築物，但在大自然的威力下也……然後就是這句殘缺的句子了。」

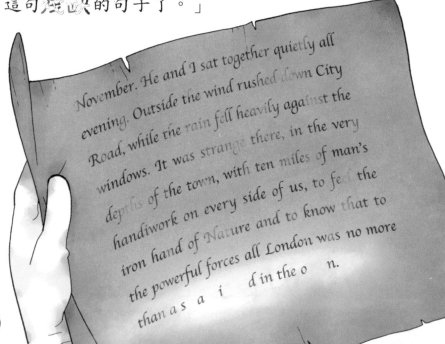

November. He and I sat together quietly all evening. Outside the wind rushed down City Road, while the rain fell heavily against the windows. It was strange there, in the very depths of the town, with ten miles of man's handiwork on every side of us, to feel the iron hand of Nature and to know that to the powerful forces all London was no more than a s a i   d in the o   n.

「唔⋯⋯在羊皮紙上寫字的那個人，也遇上了風暴嗎？」華生若有所思地說，「不知道他寫這篇文章時的心情，是否和我們一樣呢？」

「和你一樣，害怕房子會被吹得連根拔起嗎？」福爾摩斯揶揄。

「我不是說那是比喻嗎？怎麼老是取笑人家。」華生雖然知道老搭檔是開玩笑，但仍不滿地說。

突然，福爾摩斯眼前一亮，問：「華生，你剛才說什麼？」

華生沒好氣地說：「我說那是比喻，不要老是取笑我。」

「對！你說得對！我明白了！」福爾摩斯興奮地叫道。

「明白了就好啦，也用不着那麼興奮啊。」

華生以為福爾摩斯終於認錯了，心中不禁有點自鳴得意。

「當然要興奮！真是一言驚醒夢中人，我怎麼沒想到這是文學上的**比喻手法**呢？終於解通整句句子了！」說完，福爾摩斯連外衣也不脫，一跳就跳上床，睡覺去了。

華生**呆了半晌**，才醒悟老搭檔口中的「明白了」並不是認錯，而是指明白了羊皮紙上那句句子的意思。

「喂，你解通了句子，也該把**答案**告訴我呀。」華生向躺在床上的福爾摩斯說。

可是，我們的大偵探仍然閉着眼睛，沒有答話。

（各位讀者，大家又猜到缺少的是什麼字母嗎？提示：1、句子與比喻有關。
2、英文句子除了由字母和標點符號構成外，還有一個重要的元素。）

「喂，說呀，你不說出答案，我怎會睡得着。」華生走到福爾摩斯床邊追問。

可是，華生並沒有得到回答，換來的只是福爾摩斯那「呼嚕呼嚕」的鼾聲。原來，我們的大偵探早已睡着了。

華生看着熟睡的福爾摩斯，歎了口氣，然後回到桌邊，拿起那張羊皮紙看了又看，看到伏在桌上睡着了，仍然找不到正確的答案。

這時華生絕沒想到，第二天早晨，他和福爾摩斯又會碰到另一句殘缺不全的句子。那句句子，更出自一宗兇殺案的遇害者之口！

偶遇狐格森

次日晨，暴風已去，但窗外仍嘩啦嘩啦地下着傾盆大雨。

一覺醒來，為了乘搭早班火車回倫敦，華生和福爾摩斯一大早就退了房。火車站距離旅館不遠，他們沒有叫馬車，只是向旅館借了一把雨傘，就走路過去了。

華生撐着雨傘，與福爾摩斯肩並肩地在小路上走着。雨下得好大，把兩人的肩膀都淋濕了。

「對了，昨夜你說着說着就睡着了，究竟羊皮紙上那句殘缺不全的句子缺少了哪幾個字母？」華生沒有忘記那句神秘的句子，一找到

機會就問。

「什麼？你還沒想到嗎？」福爾摩斯故作詫異地反問，「我以為你已找到答案了。」

「我昨晚想了一整夜，也沒法填上那些缺少的字母，你還是快告訴我吧。」華生說。

「你得自己想多一點才行呀！那麼輕易就得到答案，又怎會鍛煉到偵探頭腦。」

「這跟偵探頭腦有什麼關係？」

「當然有關。」福爾摩斯把傘子向自己這邊拉過一

點，「其實，這跟查案也大同小異，在一堆殘缺不全的東西之中，找出它們之間的連繫，並且補回殘缺的部分，就能發現真相，找出破案的線索了。」

　　華生察覺掉到他肩上的雨水多了，連忙把傘子往自己這邊移過一點，說：「不要再賣關

子了，就算我蠢吧，快把答案告訴我。」

福爾摩斯又把傘子拉過一點，說：「想知道答案，就該把傘子移過來一點。」

華生聞言，馬上又把傘子扯回來，說：「想傘子移過一點，就該馬上揭開謎底。」

兩人在路上把傘子拉拉扯扯的，簡直就像兩個小孩子鬥氣，看得旁人都傻了眼。

「咦？那人的背影好眼熟……」福爾摩斯停下來，忽然指着前方，「哎喲，那個不是狐格森嗎？他怎會在這種地方的。」

華生以為老搭檔為了奪取**傘子**，故意耍他一下，於是緊緊地抓着雨傘不放。不過，當他往前一看，才發現不經不覺已來到了**火車站**的前面，而福爾摩斯指向的那個細小的身影，雖然給雨傘遮住了上半身，但從那獨有的走路姿態看來，肯定就是蘇格蘭場的狐格森。

「嗨！狐格森先生！真巧呢，在這裏碰到你。」這兩天已**悶**壞了福爾摩斯，他看到狐格森的出現，就像獵犬嗅到了**血腥味**，不禁興奮得叫起來。

那個瘦小的身影舉起雨傘轉過頭來，果然，他就是我們的老朋友狐格森，只見他的褲腳全濕了，而且一臉**倦容**，看來整晚沒有睡過。

「啊，還以為是誰叫我，原來是你們兩位。」狐格森待福爾摩斯兩人走近後說，「這麼大雨，你們來**查塔姆**這種地方幹什麼？」

「我們前天來出席朋友的**婚禮**，原想多留一天遊覽一下。可是只逛了一間**古董店**，買了一張**羊皮紙**，昨天黃昏風暴就來了，被困在旅館動彈不得，真掃興。」華生答道。

「參加婚禮嗎？場面一定很**浪漫**了。我和李大猩就慘啦，昨天收到本地警方的通知，說這裏發生了一宗**兇案**，在傾盆大雨下也得來現場搜證啊。」狐格森

說完，打了一個大呵欠。

「兇案？是什麼兇案？」一股濃烈的血腥**撲鼻而來**，福爾摩斯已放棄他慣用的旁敲側擊，**單刀直入**地追問了。

「一個畢業於牛津大學，所有人對他都讚口不絕的大好青年**遇刺身亡**！」狐格森用食指指着自己的右頸側，煞有介事地補充，「兇器插中這裏，他死後仍**睜**着眼睛呆視前方，彷彿死得很冤枉似的，叫人看了不寒而慄。」

狐格森形容得太過**繪影繪聲**了，華生聽着也全身起了雞皮疙瘩，不自覺地咽了一口口水。

可是，我們的大偵探和華生倒相反，經狐格森這麼一說，他的**興頭**就更大了，連忙追問：「那麼，抓到了兇手沒有？」

「還沒抓到，所以我還要趕回倫敦**搜證**啊。」狐格森歎了口氣。

福爾摩斯聞言雙眼一閃，嘴角泛起幾乎看不出的**微笑**。

就在這時，一個火車站的員工走出來大叫：「各位乘客注意，由於昨晚**暴雨成災**，有一段鐵路的**路軌**給泥石埋了，現在已在搶修中，火車將會誤點幾個小時。大家可以先找地方休息一下。」

「哎呀！怎會這樣的，兇手在逃，我不馬上趕回倫敦搜證，會被兇手逃脫啊。」狐格森口裏**抱怨**，但臉上那精神為之一振的表情卻出賣

了他，其實他早已想找個地方喝杯咖啡、休息一下了。

「這可不好了，我約好了病人看病啊。」反而，華生倒急起來了。

福爾摩斯笑道：「難得鐵路被封了，我們可以坐下來聊聊天，**偷得浮生半日閒**呢。」

華生斜眼看了老搭檔一下，充滿猜疑地道：「你昨天不是說這種鄉下地方很悶，巴不得馬上就回倫敦嗎？怎麼現在又改變看法了？」

「啊，是嗎？我這樣說過嗎？」福爾摩斯**裝傻扮懵**地說，「但人要適應環境呀，走不了就要找個地方歇歇腳。我們還是找一間餐廳吃頓早餐再算吧。」

兇案發生的經過

三人在火車站旁邊找到了一間小餐廳，各人叫了一份早餐後，狐格森就狼吞虎嚥似的吃起來了。外面仍然下着滂沱大雨，絲毫沒有減弱的跡象。

華生見狀笑道：「你好像肚子很餓呢，昨天晚上沒吃飯嗎？」

狐格森苦笑道：「吃是吃過，但實在太累了，要吃多一點東西補充體力。」

　　「對了，你剛才說兇案的死者是個**大好青年**，應該沒有仇人吧，為什麼會被殺呢？」福爾摩斯喝了一口咖啡後問。

　　「這正是我們要調查的啊。」狐格森放下手上的麵包答道，「住在附近的人都說死者**史密斯**彬彬有禮，又樂於助人，絕對不像有仇人，真不知道他為什麼會被殺。」

　　「兇案現場是什麼地方？離這裏近嗎？」

「兇案現場距離這個火車站不遠，走路過去也只需 20 分鐘左右。那是一間古老大宅，主人是**柯倫先生**，他是一位退休教授，死者是他的私人秘書，受僱協助他的研究工作。死者的屍體是在教授的**書房**被發現的。」狐格森說完，又咬了一口麵包。

「那麼，他是在書房被殺嗎？還是死後被移屍到那裏？」

「他是在書房被殺的，因為兇器是一把**開信刀**，那把刀原先是放在書房的書桌上的。」

「啊！」福爾摩斯兩眼一閃，看來想到了什麼。

「不僅如此，死者史密斯進入書房至他被殺相差不到**一分鐘**，所以絕對可以肯定書房就是犯案現場。」狐格森說。

「有目擊證人嗎？怎會那麼清楚知道史密斯在書房逗留的時間？」華生插嘴問道。

「有呀。」狐格森把塞在嘴巴裏的麵包全吞下後，就把案發經過一五一十地道出。

昨天下午兩點鐘左右，管家馬克太太在二樓的走廊看到史密斯從睡房步出，估計他是下樓去。

可是，不一會，突然響起一陣「哇呀呀呀呀」的尖叫聲，馬克太太和也在二樓的女傭蘇珊嚇了一跳。那聲音是從樓下傳來的，但她們聽不出誰在呼叫，因為那聲音非常駭人，而且尖得令人分不出是男還是女。慘叫過後，又隨即傳來一下沉重的響聲，好像有什麼東西跌到地板上。然後，就是一片死寂。

蘇珊雖然只有二十來歲，但膽子並不小，

哇呀呀呀呀

她在二樓只呆了幾秒鐘，就連忙奔下樓去查看。書房的門是開着的，她衝進房裏，只見史密斯睜着眼睛仰天倒在地上。

她以為史密斯只是**摔倒**了，於是在他身旁蹲下來問：「你沒事吧？」

但史密斯卻像一條從水族箱中掉到地上的**金魚**那樣，嘴巴只懂得拚命地**一張一合**，看來是想說話，卻又說不出聲來。

蘇珊這時才意識到事態嚴重，連忙用手托住他的後頸，想把他扶起來。然而，她的手一觸及史密斯的頸項，馬上就感到有什麼黏黏濕濕的東西流進自己的手掌裏，而且還是暖乎乎的。

赫然一驚之下，把手一縮，蘇珊這才發覺，自己的手掌已沾滿了血！

這時，管家馬克太太也聞聲而至，她看到那個情景也被嚇得臉無人色。就在這時，史密斯那一開一合的嘴巴出盡全力地說話了，可是他只說了一句話，而且聲音斷斷續續，並不知道他究竟說的是什麼。不過，他

死前出盡最後一口氣，顫巍巍地舉起了右手，在空中比畫了一下。然後，史密斯的手軟弱無力地「砰」的一聲墮下，跌在地板上，全身抽搐了幾下，就斷氣身亡了。

後來，驗屍官發現他的喉嚨積了很多血，看來是開信刀刺穿了他的頸後，血液還流進了他的喉嚨和氣管，令他無法說話。

金絲眼鏡

「就這麼多了？沒其他嗎？」

「是，蘇珊她們的**證言**就是這麼多了。」狐格森說。

「那麼，兇器呢？那把殺人的**開信刀**在哪裏找到？」福爾摩斯問。

「啊，我沒說嗎？」狐格森搔搔頭，「兇器就掉在地板上，大概距離死者頭部 3 呎之外。」

福爾摩斯沉思片刻，突然想起什麼似的問：「對了，你剛才說要趕回倫敦**搜證**，是搜什麼證？」

「啊，我沒說嗎？」狐格森搔搔頭，「為了

這個。」

他說完，從口袋中掏出一個被 白布 包着的東西，然後輕手輕腳地放在桌上。

「是什麼？」華生覺得奇怪。

「你可以打開看看呀。」狐格森說，「不過要小心點，因為很易打碎。」

「是嗎？」未待華生出手，福爾摩斯已伸出他那瘦長的手，小心翼翼地把白布揭開了。

原來，被白布裹着的是一副精緻的金絲眼鏡！而且，其中一片鏡片還裂了。

「這是……？」福爾摩斯詫異地問。

「夾鼻眼鏡呀。」狐格森又搔搔頭，「史密斯舉起右手時，有個東西『啪』的一聲從他的手上掉下來，就是這副眼鏡。我沒說嗎？」

31

福爾摩斯和華生聞言，兩人都幾乎被氣得從椅子上摔下來。這個狐格森描述案情時實在太粗疏了，不但忘了說**兇器**的所在，連這麼重要的**證物**居然也忘了說，卻只會說：「我沒有說嗎？」

　　福爾摩斯沒好氣地問：「蘇珊和馬克太太肯定這眼鏡是從死者的**右手**掉下來的嗎？」

　　「她們非常肯定，因為史密斯舉起右手比畫時，這副眼鏡才從他的手中**滑落**的。」狐格森答道。

　　「剛才你指着自己脖子的右邊，史密斯遇刺的傷口也在脖子的**右邊**吧？」福爾摩斯小心地

確認。

「對，是在脖子的**右側**，傷口和開信刀尖端的大小很吻合，肯定是那把刀造成的。」

「那麼，這副眼鏡不會是史密斯自己的吧？」福爾摩斯問。

「已查問過，史密斯沒有**近視**，也從不戴眼鏡，絕對不是他的。此外，屋內其他人也沒戴過這種眼鏡，可以肯定是外來的。」狐格森說。

「那麼，這很可能是**兇手的眼鏡**了？」華生問。

狐格森點點頭，道：「對，很可能。」

「你趕回倫敦，就是為了調查這副眼鏡的**出處**吧？」福爾摩斯問。

「是呀，我和李大猩估計，只有在倫敦的眼鏡店才能買到這種名貴的眼鏡，只要到眼鏡店

逐一調查，就能查出這副眼鏡的主人究竟是什麼人了。」

　　福爾摩斯掏出放大鏡，把**眼鏡**細細檢視後說：「嘿嘿嘿，我認為不用到倫敦，也能知道它的**主人**是怎麼樣的人呢。」

　　「什麼？」華生和狐格森聞言都吃了一驚。

　　狐格森馬上撿起眼鏡，再前後左右地仔細的檢視了一遍，說：「手工精細，用料也不差，肯定是件**貴價貨**。從這兩點看來，它的主人應該有點錢。除了這些，還能看出什麼？」

　　福爾摩斯狡點地一笑，說：「看出的東西就多了。」接著，他一口氣道出了以下七點。

① 眼鏡主人是個女人。

② 她身穿淑女的衣服。

③ 額頭上有較多皺紋。

④ 鼻樑較粗，而且雙眼緊貼鼻樑兩側。

⑤ 駝背。

⑥ 最近去過兩次眼鏡店。

⑦ 是個左撇子。

眼鏡中的 ?? 秘密

　　狐格森和華生聽完後，都張大了嘴巴，呆了半晌。他們怎也沒想到，我們的大偵探單憑一副眼鏡，就能看出這麼多東西來。

　　華生見識過老搭檔只靠一頂帽子就能猜出帽子主人八大特徵的秘技*，他知道福爾摩斯這樣說，必有其道理。

　　不過，狐格森卻有點半信半疑，他問：「這只是一副**中性**的眼鏡，男女都可以配戴呀，你怎知道它的主人是個女人？」

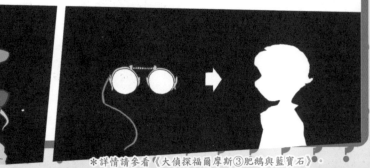

＊詳情請參看《大偵探福爾摩斯③肥鵝與藍寶石》。

　　「你說得對，這種款式的眼鏡男女皆可以配戴。」福爾摩斯指着眼鏡上的**托葉**說，「你看看，這兩塊用來夾住鼻樑的托葉不是沾着一些**粉末**嗎？」

　　狐格森和華生兩人湊到眼鏡的托葉前細看，果然，托葉上沾了一些**粉紅色**的粉末。

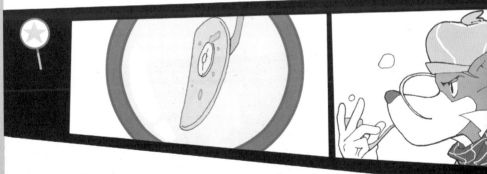

　　「啊！」兩人不約而同地叫起來，「是化妝用的**粉底**！」

　　狐格森拿起眼鏡，把托葉放到鼻子前面嗅了又嗅，然後說：「唔⋯⋯還有很輕微的**香水**氣味呢。」

「嘿嘿嘿，你的鼻子真靈敏，連女人香水的氣味也嗅出來了。我只是憑托葉上的粉底，推論出眼鏡的主人是個女人。」福爾摩斯道。

「好厲害！」華生不禁擊節讚賞。

狐格森心裏雖然也佩服，但仍提出質疑：「這只能說明她是個女人，但又怎會知道她身穿淑女的衣服呢？」

女人　淑女

「問得好！」福爾摩斯說着，指着眼鏡的金邊說，「你看，眼鏡框上都鑲上了金邊，而且繫在眼鏡上的黑帶子也是上等貨色，可見它的女主人是個很講究外表衣著的女人，她不是

一個淑女，難道是個農婦嗎？」

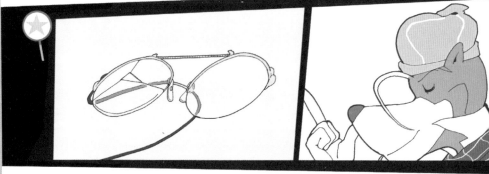

狐格森不太情願地點點頭：「也有道理。」

「哈哈！我知道你為什麼說那女人的**鼻樑**較粗了。」華生忽然靈光一閃地說。

「說來聽聽。」福爾摩斯笑道。

華生指着托葉說：「看，兩塊托葉相距足足超過**一吋**，足以證明她的鼻樑中間的闊度也超過一吋！」

「哈！你說對了。」福爾摩斯讚道。

「但這與她的兩眼緊貼鼻樑兩側又有什麼關係？」狐格森問。

「這跟托葉的闊度無關，但可以從鏡片的**焦點**看出來。」福爾摩斯說。

「近視眼鏡不是跟**放大鏡**一樣，焦點都在鏡片的正中嗎？」狐格森仍然摸不着頭腦。

「當然不是，眼鏡不同放大鏡，放大鏡的焦點在鏡片的**正中**，是由於我們可以隨意移動鏡片，只要把焦點對正觀察物就行了。」福爾摩斯詳細地解釋，「但是，眼鏡架在鼻子上時，並不可以隨便移動，所以焦點必須對正眼睛的**瞳孔**。」

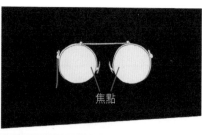

焦點

「啊，我明白了。」狐格森連忙拿起眼鏡再看，「兩塊鏡片的焦點都往鼻樑方向**聚攏**呢。就是說，她眼睛的位置非常接近鼻樑。」

「沒錯。」

「那額上**皺紋**和**駝背**呢？是怎樣知道的？」華生問。

「這個倒不敢百分之百肯定，但近視深的人都習慣**皺起眉頭**和**伸出脖子**來看東西，久而久之，額上的皺紋就會多了，而脊骨也會變成向後拱起，形成駝背。」

「有道理。」華生說，「我有很多近視的病人確有這個特徵。」

「好！都算你猜對了。可是，你不可能知道她最近去過兩次眼鏡店吧？」狐格森質疑。

「為什麼不可能？」福爾摩斯反駁，「那兩片托葉不是已說明一切了嗎？」

「什麼？又是**托葉**？」狐格森拿起福爾摩

斯放在桌上的放大鏡仔細地再看一遍,「確是有點奇怪,兩片托葉上的**軟木皮**好像有點不一樣。」

「對,雖然兩片的托葉上都加墊了軟木皮,但其中一塊木皮很**新**,看來換了不超過一個星期。另一片較**舊**,但看來換了也不超過兩個月。」福爾摩斯分析道,「這就證明,為了更換軟木皮,她最近去過**兩次**眼鏡店。」

「太厲害了!怎麼我沒有注意到呢。」華生讚歎,但他仍不明白怎可通過眼鏡而知道其主人是個**左撇子**。不過,他沒有問,因為再問

就顯得自己太過**愚蠢**了，還是讓狐格森來出洋相吧。

　　果然，狐格森問了：「憑眼鏡就可知道人家用什麼手，太過神奇了吧？」

　　「呵呵呵，你說得對，但也說得不對。」福爾摩斯吃吃笑地說，「這個確實與眼鏡本身無關，但與案中其他**細節**聯起來考慮，就可知道箇中秘密了。」

　　「案中其他細節？什麼意思？」

　　「你不是說過嗎？眼鏡是從案中死者的手上掉下來的，那麼，他一定是死前與兇手糾纏時，

一手把它從兇手的臉上摘下來的。」福爾摩斯

說，「這說明兇手與死者是 面對面 站着的。」

　　「啊！」華生聽到這裏終於恍然大悟，他馬

上想像出兇案發生時史密斯與兇手 糾纏 時的情

景。

　　史密斯站在兇手 正前方 ，他一手摘下兇

手的眼鏡（這個動作也可能是他遇襲後才發

生），兇手 左手 舉起開信刀，一刀刺中死者脖

子的**右側**（傷口的位置）。

　　當然，狐格森也想到了這點，他總算也是個蘇格蘭場的警探，不會蠢至連這個也不明白——如果兇手不是用**左手**行兇的話，死者的傷口根本不可能在脖子的右邊。

　　福爾摩斯從兩人的表情中已看出他們都明白了，於是露出勝利的微笑道：「嘿嘿嘿，死者手上的眼鏡讓我推論出兇手站立的**位置**，而那個致命的傷口，則讓我知道兇手用哪一隻手來施襲。所以，我說這個推斷與眼鏡有關，也與眼鏡無關。事情就是這麼簡單啊。」

　　狐格森明知給福爾摩斯的**故弄玄虛**擺了一道，但也無法抱怨，因為福爾摩斯實在太厲害，而自己也實在太**窩囊**，明明手上已掌握了非常重要的線索，卻一點也看不出來，而且還

要在李大猩的胡亂指示下趕去倫敦。

想到這裏，他知道不可以再等了，於是說：「看來火車還要**誤點**幾個小時，趁這段**空檔**，不如我帶你們去現場看看吧，好嗎？」

華生往福爾摩斯瞥了一眼，等候他的表態，但答案已寫在他那**興致勃勃**的臉上了。

「早餐已吃過了，待在這個小車站也沒什麼意思，還是去找金絲眼鏡的主人吧！」福爾摩斯咧嘴而笑，一副**正中下懷**的樣子。

花園 小徑

三人撐着雨傘，走了 20 分鐘左右，就來到兇案發生的大宅。這時，雨也剛好停了。

一個**瘦骨嶙峋**的老巡警守在門口，他看到狐格森後連忙敬禮：「狐格森先生！」

華生心想，難怪要倫敦派狐格森和李大猩來了，連這個站也站不穩的老巡警也要派來**站崗**，看來這種鄉下地方連警察也不多吧。

大概是聽到了老巡警的叫聲吧，屋裏的李大猩走出來，他一眼看到三人，不禁滿臉狐疑地問：「啊？

49

狐格森，你沒回去倫敦嗎？怎麼把他們帶來了？」

狐格森知道李大猩非 **萬不得已**，都不喜歡福爾摩斯插手警方調查中的案件，為免把事情 **搞砸** 了，只好連忙說：「火車誤點了，要幾個小時後才開出，又剛好在 **火車站** 碰到他們，福爾摩斯先生對眼鏡特別熟悉，所以請他來幫忙搜證。」

未待李大猩回應，狐格森又匆匆把福爾摩斯對眼鏡的分析復述一遍。

李大猩聽完，低頭沉思片刻，然後**一本正經**地盯着福爾摩斯說：「你的分析正好**印證**了我的懷疑。」

三人聞言一怔，不知道該如何反應，因為他們都知道，李大猩一向死要面子又愛邀功，叫人難以斷定他是**自吹自擂**，還是真的掌握了什麼線索。

「**吭、吭、吭。**」李大猩裝模作樣地清了一下喉嚨道，「據一個村民反映，昨天早上有一個

陌生的女人探頭探腦地在大宅附近出沒。」

狐格森緊張地問：「那女人是戴着眼鏡的嗎？」

我倒沒問呢。

「這個嘛……」李大猩托着**下巴**，故作思索地答，「唔……我倒沒有問呢。」

「她是淑女打扮嗎？」華生問。

我也沒問呢。

「這個嘛……」李大猩撐一撐**脖子**，又是故作思索地答，「唔……我也沒有問呢。」

「那你問了什麼？」

這個嘛……

「這個嘛……」李大猩擦擦**鼻子**，又想了一會，「唔……我好像沒問什麼呢。」

三人聞言腳一歪，幾乎都同時**摔倒**。

其實，李大猩根本從沒想過兇手會是一個女人，所以並沒有把村民的說話放在心上，當然，也沒追問關於那個女人的**細節**。

「那你怎會知道村民所說的那個女人，就是那個戴金絲眼鏡的**兇手**呀？」狐格森實在按捺不住，有點生氣地問。

「這是直覺。」李大猩無法辯駁，只好用胡扯來掩飾自己的**粗心大意**，「我的直覺一向很準。村民口中那個

鬼鬼祟祟的女人，一定就是福爾摩斯描述的那個兇手！我們**英雄所見略同**嘛。」

狐格森正想駁斥時，福爾摩斯卻先說話了：「這次，我看李大猩探員的直覺**命中**的機會頗高。這種鄉下地方出現陌生人的話，村民一定看得出來。而且，那個女人又在這附近徘徊，相信闖進屋裏行兇的就是她。」

難得自己的**胡扯**得到大偵探的認同，李大猩用力拍一拍福爾摩斯的肩膀，一臉正氣地說：「兄弟，我沒看錯你！你果然是倫敦**首屈一指**

的私家偵探，你這次的分析實在太精彩了！」

狐格森聞言幾乎反白了眼，但華生卻明白，福爾摩斯這麼**抬舉**一下李大猩，在調查兇案現場時就很容易取得他的合作了。

果然，福爾摩斯**乘勢追擊**，說：「我可以看看兇案現場嗎？」

「可以呀！」李大猩爽快地答允，「我們先到**後園**去看看。」

在李大猩的帶領下，眾人繞過大宅，走到了後園，那裏有一條**花園小徑**通往大宅的後門。

「我們估計，兇手是從這條小徑闖進來，然後再從後門進入屋內的，因為通過正門進屋也太張揚，

況且據管家馬克太太說，事發時正門上了鎖。」李大猩停在小徑上說。

「而且，由後門通往**書房**最方便，只要經過一條**走廊**就可直達。」狐格森補充。

福爾摩斯低下頭來看了看，只見整條小徑滿佈**泥濘**，在昨夜和今早的暴風雨下，什麼痕跡都湮沒了。

李大猩看穿了福爾摩斯心中所想，道：「我們昨天趕到這裏時還未下雨，但這條黃泥小徑上也沒有留下什麼**腳印**。不過，在與小徑平行的這一呎闊的**草地**上，卻發現有被踏過的痕跡，估計她就是沿這路徑出入。」

「這麼看來，兇手是個頗為小心謹慎的人

呢。」華生說。

「對，在草地上行走雖然會留下踏過的痕跡，卻不會留下**鞋印**，追查起來很麻煩。」狐格森點頭道。

福爾摩斯想一想，問道：「被踏過的草地不會顯示出**鞋頭**和**鞋跟**，你們又怎知道兇手是從來路逃走呢？」

「問得好，這也是兇手厲害的地方，她來時踏着草地來，走也踏着草地走，就不會留下太多痕跡讓警方追查了。」李大猩**得意洋洋**地道，他似乎對自己的分析很滿意。

「這條小徑的另一頭通往哪裏？」福爾摩斯問。

狐格森指向小徑另一頭的方向說：「一直通到閘門，然後通到**馬路**去。」

「這條與小徑平行的草地，也一直通到閘門嗎？」

「不，到 50 碼左右就不是草地了。」

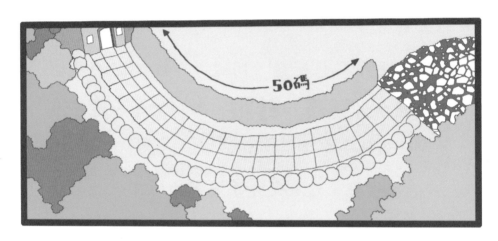

「那麼，你們來時還未下雨，不就可以找到鞋印嗎？」

「很可惜，接着的那段小徑鋪了 傳 ，就算有人在上面走過也不會留下鞋印。」

福爾摩斯問完後，說：「我們進兇案現場的書房看看吧。」

「好呀。」李大猩說着，就帶頭沿着小徑走進屋中，然後通過一條**走廊**，步入了書房。

福爾摩斯停在走廊上，往地上看了看，自言自語地道：「走廊上墊了**草墊**，鞋底沒有沾上泥污的話，也不會留下鞋印呢。」

狐格森聞言，說：「對，我們昨天也檢查過了，草墊上沒有留下**鞋印**。」

華生點頭道：「草墊有彈性，剛踏上時會留下印記，但只消一會兒就回復原狀，如果鞋底乾淨，就不會留下鞋印了。」

「那女人來時走小徑旁的草地，地上的草就像**刷子**那樣，把她的鞋底也刷乾淨了。所以，她經過走廊上的草墊也不會留下任何痕跡了。」福爾摩斯分析。

「走廊不用看了，我們什麼也找不到，不如

進來看看吧。」李大猩在書房探出頭來叫道。

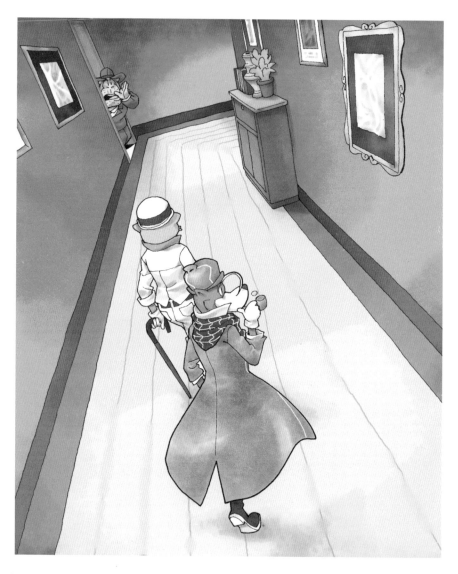

書房的秘密

福爾摩斯三人在李大猩的催促下，步進了書房，房中陳設很簡單，只有一張靠在牆邊的**書桌**，在書桌旁，還有一個木製的**櫃子**。此外，還有一道門開在書桌的左面。

福爾摩斯環視了一下，問：「怎麼這個書房沒有書架的？這裏的主人不是一位**老教授**嗎？我還以為教授的書房都會塞滿了書呢。」

「啊，我沒告訴你嗎？柯倫教授的行動不便，他為了方便取閱書本，把所有書都放到**睡房**的書架上。」狐格森解釋。

「原來如此。」福爾摩斯說着，走近書桌細看。

　　書桌上有一瓶**墨水**和一個**筆插**，筆插上則插着一枝**墨水筆**。桌上還放着一些攤開了的簿子、信紙和信封，並沒有什麼值得注意的東西。

　　福爾摩斯似乎對那個木製的**櫃子**和書桌上的**抽屜**特別感興趣，他指着抽屜問：「我可以打開看看嗎？」

　　「可以呀，抽屜沒上鎖的，也沒有什麼特別的東西。」李大猩答。

　　福爾摩斯輕輕地拉開抽屜，果然，裏面除了一些文件之類的東西外，沒什麼貴重的東西。

福爾摩斯把注意力轉移到木櫃的**小櫥**上，他用放大鏡在小櫥的**匙孔**附近仔細地檢視了一遍後，說：「這個小櫥呢，可以打開看看嗎？」

「那是上了鎖的，我叫教授打開來檢查過一遍，他說沒有**失竊**，還說根本沒有值錢的東西。」李大猩答。

「那麼，兇手闖入這間書房幹什麼呢？」華生不明所以。

「哈哈，我覺得只有**兩個可能性**。」李大猩信心十足地道。

「啊？願聞其詳。」福爾摩斯很感興趣地道。

「第一，那女人的目標不一定是這間書房，只是書房最接近那條花園小徑，她一走進來當然是先搜這裏。但還未搜到值錢的東西，史密斯就進來了，兩人糾纏下，她就把他殺了。」

「有趣，那麼第二個可能性呢？」福爾摩斯問。

「第二，那女人的目標其實正是史密斯，她埋伏在書房中，趁史密斯走進來，就一刀把他刺死。」

華生想了一下，道：「這麼說來，書房就不是必然的兇案現場，兇案可以發生在走廊，甚至屋裏的任何地方了。」

「沒錯！」李大猩道。

「真的是這樣嗎？」福爾摩斯懷疑。

「難道還有別的可能性嗎？」狐格森問。他雖然覺得這兩個推論無懈可擊，但仍想福爾摩斯說出不同的看法，挫一下李大猩的銳氣。

「先不說這個，我倒想反問一下，如果兇手是蓄意埋伏殺人，那麼，她為什麼不事先準

備**兇器**，反而隨手撿起桌上的**開信刀**行兇呢？」福爾摩斯問。

眾人一呆，彷彿都沒有想過這一點。

狐格森想一想，恍然大悟地說：「啊！這麼說來，兇手只是**錯手殺人**了？」

「唔⋯⋯有道理。」華生同意。

李大猩抱着胳膊，裝模作樣地沉思片刻，

突然自信十足地道：「哈哈，那麼就是第一個可能性了。」

福爾摩斯不置可否，他只是把**放大鏡**遞給李大猩，說：「你檢視一下小櫥的匙孔，看看有什麼可疑之處。」

李大猩滿臉疑惑地接過放大鏡，把臉湊到

匙孔前看了又看，並說：「沒什麼特別呀，只是匙孔旁邊的銅扣被刮花了一些。」

「你覺得**刮花**了的地方沒可疑嗎？」福爾摩斯問。

李大猩感到被挑戰了，有點不快地答：「匙孔被刮花有什麼可疑？我家大門的匙孔也被刮得**花痕纍纍**啊。」

「那當然了，你喝醉酒後連小便也會**打歪**，何況那麼小的匙孔。」狐格森乘機揶揄。

「你說什麼？」李大猩大聲反擊，「上次你

喝醉後連那麼大的家門也走錯，還敢說別人！」

「好了、好了，不要吵了。」福爾摩斯沒好氣地說，「小櫥的匙孔有一道**半时**長的**刮痕**，把銅扣表面的**光漆**刮掉了。這道刮痕與其他的顏色不同，很明顯是剛刮不久的。而且刮痕兩旁像**車轍**似的微微**隆起**，也證明它是新刮的。就是說，兇手進入這個書房後，曾經想用鑰匙或其他工

具打開這個小櫥。她潛入這裏並非偶然，而是早已有目標的。」

「啊……」華生三人對福爾摩斯的精密分析驚歎不已，他們心中不得不作出一個相同的結論，那就是——兇手進入這間書房是為了企圖打開木櫃上的小櫥，**裏面一定藏有她想偷的東西**！

但那是什麼呢？為何柯倫教授說沒有失物、也沒有重要的東西呢？

「對了，可以叫那位管家**馬克太太**和**女傭蘇珊**來嗎？」福爾摩斯打破各人的沉思。

「我叫她們來吧。」狐格森說完，就從書桌

旁的那道門走了出去。不一刻，矮矮胖胖的馬

克太太和年輕的蘇珊一起走進書房來。

在李大猩略作介紹後，福爾摩斯馬上進入正題：「可以談談昨天案發前你們在做什麼嗎？」

馬克太太先說：「昨天午飯後，我在兩點鐘左右來打掃這間書房。這是我每天的習慣，教授很討厭骯髒，所以──」

「你有抹過那木櫃的小櫃嗎？特別是匙孔附近的位置。」福爾摩斯一問就問到要點。

「有，我一星期抹一次，昨天剛好過了一星期，我就按慣例抹了。」

福爾摩斯向各人使了個眼色，好像說：「你看，我沒說錯吧。」李大猩露出沒趣的表情，因為這個證言已證實刮痕是馬克太太打掃之後才刮上去的，否則那些在刮痕旁邊隆起的光漆已被她打掃時抹去了。

「你打掃完後，又怎麼了？」福爾摩斯問。

「我回到二樓的睡房，準備**午睡**片刻，但還未打開房門，就看到**史密斯先生**從他的睡房步出。我問他不用午休嗎？他說突然想通了一些研究的觀點，為免午休後忘記了，要馬上到書房寫下來。我不以為意，就回到房中更衣。不過剛換好**睡衣**，就聽到樓下傳來一聲**慘叫**了。」馬克太太猶有餘悸地答道。

「然後……」福爾摩斯再問。

「然後，我立即換回工作服，再趕到這裏，一進門，就看見蘇珊蹲在史密斯先生的身旁，她的右手還染滿了**血**——」

福爾摩斯舉手制止馬克太太再說下去，轉向蘇珊問：「你呢？事發之前你在做什麼？」

蘇珊**戰戰兢兢**地回答：「我也正想午睡片刻，但還未換上睡衣，就聽到那一下慘叫了。」

「你接着怎麼辦？」

「我呆了幾秒鐘吧，接着就**衝**下樓去了。我看到史密斯先生倒在

地上，想扶起他時，發現他的頸後染滿了血，想說話又說不出來，只是**斷斷續續**地說了一些意思不明的**單字**。」

「可以復述一下嗎？」福爾摩斯問。

「可以的。」蘇珊盡力模仿，「他說 The pro⋯⋯sor⋯⋯it was⋯⋯ 」

福爾摩斯轉過頭去，向馬克太太問：「你也聽到嗎？」

馬克太太用力地點點頭，道：「聲音雖然不大，但我也清楚地聽到了。」

「據說他死前還舉起右手在空氣中比畫了一下，他究竟怎樣比畫呢？」

馬克太太舉起右手，在空氣中畫出了一個「Ｓ」的軌跡，並說：「他兩眼好像一直在盯着我，並在空氣中畫出這樣一個**符號**，不知道是什麼意思。」

福爾摩斯看到空中的「Ｓ」狀符號後，兩眼突然一閃，好像想通了什麼。他緊接着問：「蘇珊，你也看到史密斯這樣**比畫**嗎？」

　　「我看到了，不過看不清楚他比畫的是什麼。」蘇珊搖搖頭道。

　　「你們過來一下。」福爾摩斯示意華生和蘇格蘭場孖寶走到書房的一角，似有什麼**秘密**商討。

　　「怎麼了？」李大猩問。

　　「我知道史密斯臨死前想說什麼了。」福爾摩斯輕聲道。

　　三人聞言，不約而同地瞪大了眼睛，等着福爾摩斯說下去。

「他想說：『 The professor, it was she. 』。」

「啊！」三人不禁驚呼，馬上明白福爾摩斯的意思。

「pro……sor」其實是「教授」的意思，因為這間大屋的主人正是一位教授。不過，史密斯被血液嗆着了喉嚨，無法發出中間的「fe」音，只要把缺少了的字母「fes」連到「pro……sor」中間，就是「教授」，即是「professor」了。

接着，史密斯說出「it was……」後，血液已完全堵住他的喉嚨，令他再也無法發出聲音了。於是，他盡了最後一口氣，想在空氣中寫出一個「she」字，但只寫了第一個字母「S」，就斷氣了。而且，現場遺下的眼鏡證明兇手是個女人，與「she」不謀而合。

華生心中讚歎，福爾摩斯果然是個解讀高手，

昨晚那張殘舊的**羊皮紙**他也看得興致勃勃，原來**解讀**殘缺句子的能力就是這樣**煉**成的。

「原來如此⋯⋯哼！我想通了！」李大猩突然叫道，打斷華生的思緒。

「你想通了什麼？」福爾摩斯問。

「我想通了！」李大猩猛然轉身，一手指向蘇珊並大聲喝道，「**兇手不是別人，就是——她！**」

疑犯現形？

　　李大猩指控兇手的那股氣勢和大叫出來的對白，不是跟福爾摩斯很相似嗎？華生和狐格森對李大猩的模仿能力之高，不禁啞然。

　　可是，被突然指為兇手的蘇珊已被嚇得面無人色，張大了嘴巴說不出話來。

　　福爾摩斯倒冷靜，嘴角露出一絲冷笑，向李大猩問道：「你為什麼說蘇珊是兇手？」

　　「嘿嘿嘿……」李大猩洋洋得意道，「還

用解釋嗎？史密斯臨死之前說的那句說話，其實是說給馬克太太聽的，他是想說：『Tell the professor, it was she.』，那個『she』就是蘇珊！」

「有道理！」最愛看風使舵的狐格森眼見李大猩的理據充分，也連忙指着蘇珊道，「你用右手托起史密斯的頸項時染了血，其實那些血是你用開信刀插中他的頸項時染上的。史密斯反抗倒地，開信刀被扔到數呎外。你蹲下想進一步行動，可是這時馬克太太趕到了，你就假裝正在向史密斯伸出援手。但史密斯拚盡最

後一口氣向馬克太太說出『**it was she**』（那

是她），其實指控的就是你！」

蘇珊大驚否認：「不！不！不！不是我！

我沒有殺人！」

「**證據確鑿**，不容你狡辯！」李大猩喝道。

「蘇珊真的是兇手嗎？那麼，從死者右手掉下來的那副**眼鏡**怎樣解釋？」福爾摩斯問。

「嘿嘿嘿……」李大猩信心十足地咧嘴一笑，「問得好！這個我早就想通了。」

說完，李大猩踏前一步逼近蘇珊，厲聲道：「**哼！**你預先準備好眼鏡，行兇後就把眼鏡塞到史密斯先生的手上，製造另有他人潛入書房的**假象**，企圖擾亂警方的調查方向！我說得對吧？」

蘇珊被逼迫得太緊，已驚慌地退到**牆角**，說不出話來。

　　狐格森和華生**面面相覷**，他們一方面驚訝眼鏡的這個用途，一方面對李大猩的心思慎密感到非常意外。

　　李大猩看到各人目瞪口呆的神色，就更得意了：「哈哈哈，一個小女人的**雕蟲小技**，想瞞過我李大猩，簡直就是妄想！」

　　這時，福爾摩斯悠然地吐了口煙，走到全身不斷**哆嗦**的蘇珊身旁，拍一拍她的肩膀安慰道：「不必害怕，你是不是兇手，問問馬克太太就清楚了。」

馬克太太本來已被事態**突如其來**的發展嚇呆了，但聽到福爾摩斯喚起自己的名字後又回過神來，說：「我……我什麼都不知道啊。」

我…

什麼都

不知道。

「不，你知道的。」福爾摩斯語氣肯定，「案發時，你除了聽到一聲慘叫外，還聽到什麼？」

「哦……我記起了，慘叫過後，我還聽到了一陣衝下樓梯的**腳步聲**。」馬克太太說。

我記起了。

「你知道那是誰的腳步聲嗎？」

「應該是蘇珊的，因為在那

一陣腳步聲之前，我還聽到了她用力打開**房門**的響聲。我的房間與她的相鄰，肯定沒錯。」

華生聞言，猛然醒悟，他的腦裏馬上浮現出一個時序表：

史密斯下樓　　　慘叫響起　　　蘇珊衝下樓去
（馬克太太在　　（馬克太太和　（馬克太太聽到
二樓走廊看到）　蘇珊都聽到）　　開門及急促
　　　　　　　　　　　　　　　　下樓的腳步聲）

就是說，慘叫響起時，蘇珊還在**二樓**，她不可能在樓下的書房刺殺史密斯。

當然，李大猩和狐格森也明白這一點了，兩人雖然**魯莽**大意，但這麼簡單的**時序**倒不會混亂的。在這種時候，還是李大猩夠老實，他充滿歉意地對蘇珊說：「對不起，我錯怪了你，請原諒。」

蘇珊拋下「**哼**」的一聲，憤然走出了書房。這也難怪，她無辜被指為兇手，生氣也是理所當然的。

「哎呀，問了這麼多，原來還是打回原形，什麼也沒問出來。」狐格森有點喪氣地抱怨。

福爾摩斯狡點地一笑，道：「才不是呢，我們已往**真相**踏前一大步了。」

三人聞言都很驚訝。

我們的大偵探把弄了一下手上的煙斗，說：「我們知道這家人有**午睡**的習慣；又知道兇手企圖打開小櫥偷東西。」

「知道這些又有什麼用？」李大猩問。

「當然有用。這兩點已足可證明兇手絕不是隨便找一間大宅進行**爆竊**，因為她目標明確，一進書房就企圖打開木櫃中的小櫥，**刮痕**證明了這一點。此外，她選擇的犯案**時間**也很準確，趁各人午睡時才潛進來。如果不是史密斯心血來潮走下樓去，她已可從小櫥中偷走東西

逃之夭夭了。」福爾摩斯道。

「你說得也有道理，但是知道這兩點對破案有什麼**幫助**呢？」華生問。

「這個嘛⋯⋯」福爾摩斯說着，轉身向仍站在一旁的馬克太太說，「請你通知**柯倫教授**一下，我們稍後會去找他。」

「好的。」馬克太太已平靜下來，她說完就出去了。華生知道，福爾摩斯是要支開馬克太太，並不想她聽到接下來的分析。

待馬克太太走遠了，福爾摩斯壓低聲音說：「剛才那兩點，顯示兇手是**熟人**，她不但知道要偷的東西放在哪裏，甚至連這家人的午休時間也**了如指掌**！」

「啊⋯⋯」

福爾摩斯繼續說：「不僅如此，柯倫教授

和史密斯都可能認識這個兇手。」

「為什麼這樣說？」李大猩問。

「史密斯的遺言就是證明，你不是說過嗎？『The professor, it was she.』的意思其實是『tell the professor, it was she.』（告訴教授，那是她）。如果教授不認識『她』，史密斯又怎會這樣說？」福爾摩斯分析。

「可是，她是什麼人呢？如果教授認識她，為什麼不說出來呢？」華生問。

「當中必有內情，因為柯倫教授連小櫥中收藏了什麼也不肯坦白。」福爾摩斯說。

「那怎麼辦？」李大猩問。

福爾摩斯兩眼寒光一閃，說：「去問當事人——柯倫教授吧。」

在李大猩的領頭下，眾人從進來時的房門

離開。但福爾摩斯一踏出門口，就霎時呆住了，緊隨其後的華生察覺到這個變化，於是問：「怎麼了？」

福爾摩斯好像聽不到似的，定定地站在書房外面的走廊上，他看着正面的走廊片刻，又把頭扭向右邊，看着另一條走廊。

「怎會這樣的？」福爾摩斯呆視着他右邊的走廊，自言自語。

「我們剛才是經過右邊的走廊進來的，有什麼問題？」華生知道老搭檔已有所發現，於是

走廊A

走廊B

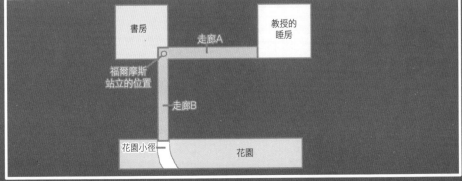

書房

教授的
睡房

走廊A

福爾摩斯
站立的位置

走廊B

花園小徑

花園

緊張地問。

李大猩和狐格森也察覺福爾摩斯有點**異樣**了，不約而同地問道：「對，走廊怎麼了？」

福爾摩斯似答非答地應道：「**正面**走廊的牆上掛着兩幅畫；**右面**走廊的牆上也掛着幾幅畫。」

「那又怎樣？」李大猩問。

「兩條走廊地上的草墊的**花紋**都一樣呢。」福爾摩斯依然答非所問地應道。

「哎呀，那又怎樣呀？」李大偵探那**莫名其妙**的回應搞昏了。

「稍後再談，先去拜會一下柯倫教授吧。」福爾摩斯拋下一個神秘的微笑說。

柯倫教授

李大猩、狐格森和華生懷着滿肚**疑惑**走進了柯倫教授的房間，福爾摩斯則慢條斯理地跟在最後面。

教授的房間裏除了一張大床、一個衣櫃、一張圓桌和兩張椅子外，所有靠牆的地方都被**書架**佔滿了。而且，不但書架上塞滿了書，連書架下面的地上也**堆滿**了書本。

柯倫教授靠在床上，他面容消瘦，長髮披肩，但兩眼卻**炯炯有神**，簡直就像一對鷹眼長在猴頭上，叫人一睹難忘。他口中叼着一枝香煙，嘴邊有一圈淡黃色的煙跡，看來是個煙精。

李大猩走到床邊介紹：「我們剛好碰到兩

位從倫敦來的朋友，一位是華生醫生，一位是福爾摩斯先生。」

柯倫教授聽到福爾摩斯的名字時，兩頰微微地**抽搐**了一下，但馬上又回復正常，並以**一板一眼**的英語道：「啊，就是那位鼎鼎大名的私家偵探福爾摩斯嗎？」

福爾摩斯輕輕地點頭打了個招呼，說：「不敢當，其實我正式的職業叫**偵探顧問**，但大多數人都把我喚作私家偵探。」

教授挪開被子，用兩臂撐起了上半身，緩慢地移到床緣，並吃力地坐到靠在床邊的椅子上。他從書桌上的一個木製**煙盒**中，取出了一

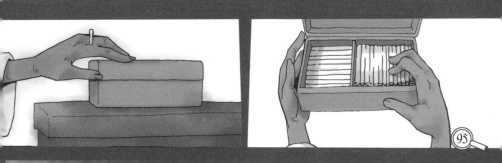

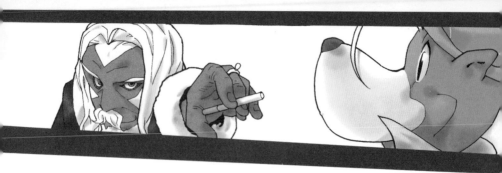

枝煙，一邊遞給福爾摩斯一邊道：「這是我特意從外地訂來的香煙，這煙的香味濃郁，要不要嘗嘗？我這個行動不便的老人只有兩個樂趣，一是研究古代修道院的文獻，一就是抽幾口這種煙。」

福爾摩斯趨前接過香煙，並用自己的煙斗把它點燃。華生覺得奇怪，老搭檔平常只愛煙斗，他並不喜歡抽一枝枝的香煙。

「唔，這煙果然很香呢。」福爾摩斯吸了一口，看來頗為欣賞。

「是嗎？史密斯死後，我的樂趣就只餘吸這煙了。」老教授歎道，「他的死對我的打擊實在太大了，他才來了幾個月，已和我非常投契。你

知道，要找一個有 學識 又合得來的年輕人

是不容易的。在他之前，有一個

年輕人只幹了不夠一個星期就走

了。」

「啊，是嗎？那實在太可

惜了。」福爾摩斯一邊認真地

聽着，一邊在房中來來回回地

踱步。

老教授沮喪地搖了搖

頭，說：「唉，我是一個

殘廢的 書呆子 ，走

幾步路也會累。史

密斯不在，我從書

架的上層取幾本書

下來也有困難啊。

我的研究尚未完成，真不知道怎麼辦了。」

　　福爾摩斯深感同情似的，一邊聽着一邊不斷地點頭。不過，聽着聽着，華生察覺到福爾摩斯已抽了**三枝**老教授的香煙，而且還正從煙盒中取起第**四枝**。

　　華生心裏納悶：「難道那香煙的**味道**真的那麼好，可以令討厭香煙的福爾摩斯一枝接着一枝地抽？」

　　福爾摩斯夾着已點燃的第四枝香煙，終於進入他的**正題**了：「柯倫教授，書房木櫃那個**小櫥**裏有什麼？我估計兇手企圖打開它，你知道為什麼嗎？」

「兇手真的打那個小櫥的主意嗎？那實在太奇怪了，裏面只有一些家庭文件和我的大學文憑，沒有值錢的東西呀。」教授說完，從口袋中掏出鑰匙說，「這是鑰匙，不信的話，你可以去檢查一下。」

福爾摩斯接過鑰匙，放到眼前看了一下，然後又遞回去，說：「我沒有理由不相信你，不用看了。」

「啊，是嗎？」教授好像鬆了一口氣。

「我們會到外邊走走，再查問一下村民，看看有什麼線索。」福爾摩斯向老教授說，「吃過午飯後再回來向你報告，在兩點鐘之前不會打擾你。」

李大猩和狐格森都感到意外，他們沒想到福爾摩斯這麼快就問完了。不過，華生卻有不同的解讀，他知道老搭檔的異常舉動必有原因，而他速速離開只是證明了——福爾摩斯已掌握了破案的重要線索！

（各位讀者，大家又知道他掌握了什麼線索嗎？請小心地觀察柯倫教授的房間，和想像一下福爾摩斯為什麼拚命吸煙，從中或可找出一些端倪呢。）

香煙的啟示

一行四人回到那條花園小徑的旁邊，福爾摩斯好像**憋**了很久似的，突然「**咳咳咳**」地拚命咳起來，一圈圈的白煙從他的嘴巴、鼻孔和耳朵冒出，原來他把煙都憋在**肚子**裏，沒有吸到肺中。

性子急的李大猩忍不住罵：「**活該！**看到好煙就只顧一枝接着一枝抽，什麼也沒問出來。」

「對，為什麼不**質問**教授是否認識兇手？」狐格森不滿地問。

福爾摩斯用雙手撥開面前的白煙，道：「吵什麼？剛才那個場景，不得不抽香煙。」

「為什麼？」李大猩問。

「因為香煙會為我們揭露兇案的**真相**！」福爾摩斯的嘴巴邊噴出白煙邊說。

「那即是什麼啊？」狐格森也被福爾摩斯**沒頭沒腦**的說話弄糊塗了。

「嘿嘿嘿，不用心急，你們會親眼看到的。」

「那麼，我們現在怎辦？真的要去**查問**村民嗎？」華生問。

「不必了，我們到附近的小店吃個**飯**，然後再散散步幫助消化，兩點鐘左右去找教授就行了。」福爾摩斯說得輕鬆。

「什麼？兇手仍在逃呀！怎可什麼也不做呀？」李大猩焦急地說。

「**對、對、對！**」狐格森也緊張地附和。

福爾摩斯舉起雙手伸了一個**懶腰**，說：「哎呀，有些時候什麼也不做，比**輕舉妄動**來得更有效率啊！」

兩點左右，四人已吃飽肚子回來了。

就在這時，馬克太太剛好從教授的房間出來，她捧着一個**盤子**向他們走過來。

福爾摩斯客氣地跟她打了一個招呼，只**瞄**了一下盤子，就對華生說：「我的推論又向真相前進了一步。」

華生看到老搭檔的眼神，連忙也往盤子看了一下，只見盤上的碗碟只剩下一些**菜汁**，什麼也沒有。他完全不明白福爾摩斯所指的是什麼。

四人進入教授的房中，只見教授坐在椅子上，手上仍夾着一枝**香煙**，他向福爾摩斯微笑道：「午飯後抽一枝香煙，是最好的享受。你要來一枝嗎？」

福爾摩斯堆起笑臉趨前，說：「**卻之不恭**，這麼好的香煙怎能拒絕，不如讓他們也分享一下吧。」說完，伸手就拿起了盛煙的**木盒子**，並走到華生三人的面前，狀似向他們勸煙。

華生感到奇怪，因為福爾摩斯知道他是從不抽煙的，怎會有此舉動呢？

可是，煙盒已遞到面前，華生只好伸手**推卻**，說：「你知道，我是——」

但還未說完，煙盒突然在福爾摩斯手上一滑，「**砰**」的一聲，整個煙盒掉在地上，香煙更滾滿一地，非常**狼狽**。

「哎呀！對不起，我實在太不小心。」福爾摩斯連忙蹲下，把地上的香煙一一撿回盒中。

李大猩和狐格森**面面相覷**，他們沒想到福爾摩斯也會出此洋相，竟把人家珍而重之的香煙**撒滿**一地。

不一刻，在華生的協助下，福爾摩斯已撿回所有香煙，但他把盒子往華生懷裏一塞，說：「你拿着吧。」

華生愕然，他並非覺得福爾摩斯無禮，而是瞥見老搭檔的臉上露出了一瞬即逝的**剽悍**，在破案的緊要關頭，他就會顯露出這種表情！

「**謎團**已解開了。」大偵探道。

老教授的眼角閃過一下慄然，但馬上又裝作驚訝地問：「在外面找到**新線索**了？」

「不，在這裏。」

「這裏？什麼時候？」

「剛剛。」

「不要開玩笑！怎可能？」

「不相信嗎？那麼，待我來解釋一下吧。」福爾摩斯嚴肅地說，「柯倫教授，我雖然不

知道你在案中扮演什麼**角色**和有什麼**動機**。但是，我已肯定你有份參與其中。」

「胡說！」老教授鐵青着臉怒喝。

福爾摩斯沒理會，繼續平靜地說：「昨天有位戴眼鏡的**女士**潛入你的書房，企圖用她配好的 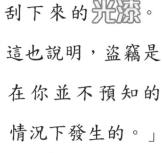**鑰匙** 打開木櫃上的小櫥，偷取她想要的東西。這部分你沒有參與，因為我在早上看過你的鑰匙，上面並沒有黏着新刮下來的**光漆**。這也說明，盜竊是在你並不預知的情況下發生的。」

「**一派胡言！** 你這麼清楚的話，那個女士呢？她去了哪

裏？為什麼不去拘捕她？」

「嘿嘿嘿，拘捕嗎？本來死去的史密斯先生

捉住了那位女士。可是，她抓

起桌上的 **開信刀** 刺向了他的

頸項。我估計她不是故意的，

如果她準備殺人的話，沒理由

不帶武器在身。接着，在混亂之

中，史密斯先

生摘下了她的

眼鏡，

然後倒在

地上。那位女士顧不得

被奪去的眼鏡，她往

來處 **奪門而出**，

逃了。」

「很精彩的描述，但說了等於沒說，抓不到那位女士的話，你剛才說的也只是**廢話一堆**。」教授故意裝出不屑地道。

「說得對，但接下來就不是廢話了。」福爾摩斯冷然一笑，「可是，丟了眼鏡的那位女士

跑出**走廊**後，只看到前面一片模糊。她矇矓地看到走

廊牆上掛着**兩幅畫**，地上草墊的**花紋**也沒不同，她誤以為那就是她進來時的走廊。」

李大猩三人聞言，這才恍然大悟——福爾摩斯在走廊上的**舉動**，原來是為了比較兩條走廊的**共通點**，從而推斷兇手走錯了走廊！

「她往正面的走廊一直衝，當衝進教授的房間——即是這裏，才發覺走錯了路。可是，她已不能折回去了，因為蘇珊和馬克太太已接連趕至，**堵住**了她的回頭路。」

「嘿嘿嘿，好有趣的推理。」老教授勉強擠出冷笑，「可是，事發時我一直在這個房間裏，一步也沒離開過啊。」

「教授，你以為我會**忽略**這點嗎？」福爾摩斯眼裏閃出一道寒光，直往瘦老頭射去。

「難道你想說，我坐在這裏也看不到那女人闖進來嗎？」老教授反問。

「**不！你看到了。**你認識她，跟她說過

話，並協助她匿藏起來！」福爾摩斯一步一步逼近瘦老頭。

實在太過出乎意料之外了，李大猩他們聽到這裏都呆了，簡直不敢相信自己的耳朵。

「你瘋了！怎可能？」老教授垂死反駁。

　　「出來吧，女士。」福爾摩斯往身後的書架瞥了一下，輕輕地吐出一句。

　　整個房間的空氣彷彿凝固了，在一片死寂之後，「嘰嘰嘰嘰」的一陣摩擦聲傳來，一個書架像一扇門般被推開了，它的後面出現一個黑影，並有如鬼魅般緩緩地走出來……

金絲眼鏡的主人

　　除了一切已了然於胸的福爾摩斯外，李大猩等人皆大吃一驚。因為，他們看到走出來的那個女人，其外貌竟如大偵探所推測的一模一樣！

她的兩隻眼睛非常貼近寬闊的鼻樑；額上有明顯的皺紋；脖子向前伸出，凸顯出那不太嚴重的駝背。當然，一如福爾摩斯所料，她穿着端莊的套裝長裙，那是有教養的淑女最慣常的服裝。

柯倫教授看到她走出來時，禁不住浮起了上半身，但還未站穩，已無力地跌回椅子上，神情沮喪。

那女士眯着眼睛把各人打量了一下，然後以濃厚的外國口音問道：「請問哪一位是福爾摩斯先生？」

「我就是了。」福爾摩斯答。

女士轉向福爾摩斯，臉露悲傷的神情說：「你全對了，我錯手殺了那年輕人。但那是意外，我只是隨手抓起一樣東西打向他，沒想到

那是一把鋒利的 **開信刀** 。」

「我知道你說的都是 **真話** 。」

「事到如今，我必須坦白。」那女士指着那個一臉驚恐的瘦老頭說，「我是他的妻子，從俄國來，他其實也是 **俄國人** 。」

「啊……」華生心想，「難怪他說話時一板一眼，原來想儘量正確地 **發音** ，掩飾自己的身份。」

「我們結婚時，他已50歲了，是一所大學的教授。而我則是個 **愚昧** 的大學

生，當時只有 20 歲。我在他的影響下，加入了**革命黨**——」

「**安娜!** 求求你，別說了！」瘦老頭企圖出言制止。

安娜，原來那女士叫安娜。

安娜沒理會他，繼續說：「後來一個警察被殺，**沙皇政府**追捕我們，他和我都被捕了。他對學生演說時大義凜然、滿口**仁義道德**和革命理想，但一落在警察手中就什麼也招認了，還害死了很多黨友。」

「安娜！」瘦老頭仍想制止。

「**住嘴!**」安娜厲聲喝道，「事到如今，你還想隱瞞嗎？」

福爾摩斯沒想到，這個女人在這種困境中竟然凜凜然透出一種**豪邁**之氣，叫人不禁肅

然起敬。顯然，她是一個飽歷風雨，從危難中熬過來的**女中豪傑**！

安娜不屑地向瘦老頭瞅了一眼，道：「他**出賣**黨友獲釋，逃來了英國。他知道，如果留在俄國，一定會遭到**報復**。我則被判監十年，半年前才獲釋。」

「你來找他，是為了報復？」福爾摩斯試探地問。

「不，我對復仇沒有興趣。我只是想取回一份**名單**，因為那裏記滿了黨友的名字。」

「你怎知道他擁有這份名單？」

「因為我在獄中收過他的信，信中指在我的

皮褸上找到了那份名單，如果想名單中的人沒事，就叫我不要再找他，也不可透露他的*行蹤*。那名單變了他的 **護身符** ！」

「但你怎知名單鎖在小櫥裏？」

「我出獄後追蹤到倫敦來，並聘請了一個 **私家偵探** 來這裏當秘書，他為我查到了名單的下落和為我複製了一把鑰匙，但他拒絕為我偷回名單，說那會觸犯盜竊罪。」

福爾摩斯眼前一亮：「那個私家偵探一定是數月前 **不辭而別** 的秘書了！原來他是你派來探路的，難怪你不但知道名單的藏處，還知道兩點鐘後是午睡時間。」

「是的。」安娜點頭道，「案發時正如你估

計一樣，我慌亂中走錯了 **走廊**，

闖進了這個房間。那瘦老頭協助

我躲起來，因為他 **行動不便**，

沒法對我不利，而且他也怕案件

曝光後，會被我的黨友追殺。他

說待 **風聲** 過後，就會讓我逃走，

但要我保守秘密。」

　　「不過，我仍然不明白，你認識史密斯嗎？

他為何死前會說『 The professor, it was she. 』

呢？」

　　「其實，我來到這附近後，向一個年輕人問

過路，但想不到他就是這裏的

秘書。」安娜憂傷地說。

　　「原來如此。」福爾摩斯

恍然大悟，「他一定是回來

後把有人問路的事告訴了教授，所以才會說出那句遺言。」

瘦老頭**一臉木然**，並沒有否認，也沒有承認。

「那張名單呢？」這時，狐格森發問了。

「**給我銷毀了**。」安娜冷冷地道。

「什麼？銷毀了？那是重要的證物呀！」狐格森和李大猩大失所望地叫了起來。

不過，福爾摩斯和華生都知道，狐格森他們不是擔心失去**證物**，而是怕失去邀功的機會。因為那名單是一個**籌碼**，讓英國政府在外交上可向俄國討價還價。

就在這時，瘦老頭突然嚷道：「不可能！那是從她的皮褸上剪下來的名單，不用**火燒**的話，根本不可能銷毀！」

「哼！原來想騙我們！」李大猩**怒目圓睜**，一步一步逼近安娜。

安娜大怒，一腳把那個瘦老頭連人帶椅踢翻，趁亂又**撞**向站在門口附近的福爾摩斯，企圖奪門而出。

但福爾摩斯兩手一張就把安娜抱在懷裏，令她**動彈不得**。

瘦老頭倒在地上昏了過去，李大猩則衝向安娜，把**手銬**銬在她的腕上。

「名單呢？快拿來！」李大猩喝道。

福爾摩斯從安娜腰間抽出一張**皮製的紙**，向李大猩說：「**應是這張**吧。」

李大猩連忙奪過細看，興奮地說：「哈哈哈，皮上果然寫了很多字呢！這次又可獲得**勳章**了！」

「讓我也看看！」

狐格森伸手要搶，但李大猩馬上把名單塞進口袋中。不用說，他並不想和狐格森分享這個意外的**收穫**。

羊皮名單

　　李大猩和狐格森拘捕了兇手安娜和**窩藏**罪犯的瘦老頭柯倫教授。

　　安娜被押走之前，向福爾摩斯說了一句：「你是一個好人，我**相信**你。」她說這話時，還眼泛淚光。

　　華生看一看福爾摩斯，只見他別有意味地**回望**安娜一眼，簡單地說了一聲：「保重。」

　　別了眾人後，天空突然又**嘩啦嘩啦**地下起雨來。福爾摩斯和華生兩人只好又撐開傘子，肩並肩地往火車站走去。路上，華生一直有個

疑問想問，但看到老搭檔**神色凝重**地低頭不語，就只好把問題憋在肚子裏不說。

走到車站的屋簷下，華生終於忍不住了，他問：「你怎會知道安娜**藏身**在書架後的？」

福爾摩斯抬起頭來，淡淡地道出原委。

原來，他第一次踏進柯倫教授的睡房時，發現書架前面的地上堆滿了書，但只有一截**三呎**闊左右的地板是空着的。於是，他假裝拚命地**抽煙**，暗中把**煙灰**彈到那截地板上。

午飯後回到那睡房時，他又故意把**煙盒**掉到地上，並趁蹲下撿拾時觀察那

截地板，一如所料，地板的煙灰上被踏出一些**鞋印**來。他確定書架後有**暗格**，並且藏了人。

「原來如此，但你怎知道她會在我們走開時出來呢？」華生問。

「吃**午飯**呀，她總會肚子餓吧。而且，你在走廊上沒看到馬克太太手上那些**空空如也**的碗碟嗎？一看就知道她出來吃過飯了。抽煙抽得那麼兇的瘦老頭，吃不了那麼多食物。」

「厲害！實在太厲害了。我竟然沒想到這一點。」華生佩服地說。

「你是一個好人，我相信你。」忽然，華生沈吟，似是咀嚼着這句說話的真意。

「什麼？」福爾摩斯聞言感到詫異。

「安娜被押走時的那句說話呀，她為什麼對你這樣說呢？」

福爾摩斯深深地歎了一口氣，並從口袋中掏出一塊破布似的東西，說：「因為它。」

「這……」華生不明所以。

「革命黨的名單就寫在這塊皮上。」

「什麼？我明明看見李大猩奪去名單的呀……」華生突然止住，他瞪大眼睛問，「難道……」

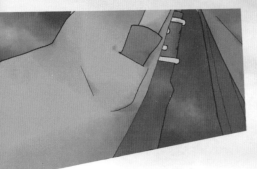

「沒錯，安娜撞到我時，在電光火石之間，把這塊皮塞了給我。」

華生完全呆住了，他絕想不到在那一刹那間竟發生了這樣的事。但令他吃驚的事還沒完結，只見福爾摩斯掏出火柴一劃，點燃了手上的那塊皮。

火焰緩緩燒起，逐漸往上蔓延，福爾摩斯手一鬆，整張皮跌到地上，不一刻，就燒成一堆灰燼了。當然，那些名字也隨着縷縷輕煙，永遠在這個世上消失了。

羊皮 名單

華生不知道那些名單上的是什麼人，但他

知道——福爾摩斯挽救了他們的性命。

對！安娜說得對，他是一個好人，一個值得相信的好人。

次日，李大猩和狐格森已回到倫敦的總部，他們用**放大鏡**看了又看，卻看不出那塊皮上的英文與革命黨的名單有何關係。

「一定是暗語，只要解通這些**暗語**，就知道革命黨的名字了。」李大猩一臉認真地說。

「唔，有道理。不過，這句又是什麼意思呢？」狐格森指着皮上一句**殘缺**的句子說。那句句子這樣寫着：

the powerful forces all London was no more than a s a i d in the o n.

（各位讀者，你們猜到了嗎？其實，謎底是「all London was no more than a sm<u>all</u> <u>island</u> in the o<u>cean</u>.」，橫線上的英文字母就是缺少了的文字。要解破這個謎題，最重要是看穿 small 與 island 之間有一個空格不可填上字母，因為那只是兩個英文生字中的空格。此外，這句英文的寫法運用了比喻，指倫敦在風暴之中有如大海中的一個小島。如果不懂比喻，就不能解開這個謎題了。）

眼鏡①

人為什麼要戴眼鏡？

因為近視或者老花。

因為有型。

那蛇為什麼也戴眼鏡？

你們沒聽說過「眼鏡蛇」嗎？

眼鏡②

我看東西不清楚。

難道你患了近視？

那怎麼辦？

配一副近視眼鏡就行了。

不必配，先洗個臉吧。

他只是眼屎太多罷了。

眼鏡③ 眼鏡④

為什麼
黑社會頭子
都戴墨鏡？

我想配
一副眼鏡。

為什麼？
你沒有近視
呀。

因為想
營造神秘感
來嚇人。

眼鏡會顯得我斯文一點，
看來像個有學問的人。

因為
不想人家
看到他們
的眼睛。

我有一副，
送給你吧。

不，因為他們
是「黑」社會…

不戴墨鏡的話，
「社會」看起來
又怎會黑。

舊式老花眼鏡，
老人家專用。

大偵探
福爾摩斯
——近視眼殺人兇手—— ⑮

原著 / 柯南 · 道爾
（本書根據柯南 · 道爾之《The Adventure of the Golden Pince-nez》改編而成。）

改編&監製 / 厲河　　　　繪畫&構圖編排 / 余遠鍠

封面設計 / 陳沃龍　　　內文設計 / 麥國龍　　　編輯 / 蘇慧怡

出版
匯識教育有限公司
香港柴灣祥利街9號祥利工業大廈2樓A室

f 大偵探福爾摩斯
想看《大偵探福爾摩斯》的
最新消息或發表你的意見，
請登入以下facebook專頁網址。
www.facebook.com/great.holmes

承印
天虹印刷有限公司
香港九龍新蒲崗大有街26-28號3-4樓

發行
同德書報有限公司
九龍官塘大業街34號楊耀松（第五）工業大廈地下
電話：(852)3551 3388　　傳真：(852)3551 3300

第一次印刷發行　　　　　　　　　　　　　　　2012年10月
第十二次印刷發行　　　　　　　　　　　　　　2021年10月
Text：©Lui Hok Cheung　　　　　　　　　　　　翻印必究
© 2012 Rightman Publishing Ltd. All rights reserved.

ISBN:978-988-77493-8-7
港幣定價　HK$60
台幣定價　NT$300

若發現本書缺頁或破損，
請致電25158787與本社聯絡。

網上選購方便快捷　　購滿 $100 郵費全免
詳情請登網址 www.rightman.net